ALBUM

DE

POÉSIES ET CHANSONS

PAR

Mme ÉLISA FLEURY

DEUXIÈME ÉDITION

PARIS

IMPRIMERIE SIMON. RAÇON ET Cie

RUE D'ERFURTH, 1

1858

ALBUM

DE

POÉSIES ET CHANSONS

PARIS — IMP. SIMON RAÇON ET COMP., RUE D'ERFURTH 1

ALBUM

DE

POÉSIES ET CHANSONS

PAR

Mme ÉLISA FLEURY

DEUXIÈME ÉDITION

PARIS

IMPRIMERIE SIMON RAÇON ET Cie

RUE D'ERFURTH, 1

1858

ALBUM

DE

POÉSIES ET CHANSONS

VEILLÉES CHEZ MA GRAND'MÈRE

—

PREMIÈRE VEILLÉE

C'était un soir d'hiver, ma vénérable aïeule
Mettait un collier rose à sa blanche épagneule ;
Et, de l'air souriant qui marque la bonté,
La regardait dormir comme un enfant gâté.
Rien de plus naturel, Rosette, si gentille,
Devint, en vieillissant, presque de la famille :
— Là ! tu l'as fait tomber. Je te dis que c'est toi !
Qui donc criait ainsi ? C'étaient mon frère et moi,
Pour quelques dominos, dont l'un en sentinelle,
Démolit, en tombant, toute une citadelle.
— Paix donc ! dit grand'maman, pour ce château détruit,
Vous éveillez Rosette, et faites trop de bruit ;
Les enfants de votre âge ont des jeux moins futiles,
Et savent se créer des passe-temps utiles.

Prenez ces deux coussins, approchez-vous du feu ;
Laissez là vos jouets, et raisonnons un peu ;
Tous deux vous dessinez ; or, pour mon oratoire,
Je voudrais un tableau, non un tableau d'histoire,
Mais une allégorie, un sujet gracieux,
Une de ces vertus qui rapprochent des cieux.
Qui de vous, avec art, peindra la Bienfaisance,
Et ses droits mérités à la reconnaissance?
Sans papier ni crayon, faites-m'en le croquis ;
Au plus adroit des deux je veux donner un prix ;
Mais il faut partager le désir que j'éprouve,
De l'adjuger si bien que le perdant m'approuve.
C'est un point convenu ; voyez, j'ai là, tout prêts,
Une boîte à couleurs et de beaux chapelets.
— Oh ! pour moi, dit Léon en hésitant à peine,
Je la dessinerais sous l'aspect d'une reine,
C'est celle des vertus. Je veux, à ma façon,
Aux reines d'ici-bas donner une leçon.
Quand un roi fait le bien, ses courtisans l'imitent,
Peut-être à contre-cœur, mais les pauvres profitent.
Or donc, voici mon plan : Sous les plus nobles traits,
Elle est représentée au seuil de son palais;
Oubliant par vertu la majesté du trône,
De ses royales mains chacun reçoit l'aumône,
Femmes, enfants, vieillards, et le groupe nombreux
L'admire, la bénit, et s'en retourne heureux.
D'un dédaigneux bienfait l'infortune s'irrite ;
C'est dans l'art de donner que gît tout le mérite.
Qu'en pensez-vous, grand'mère? — Eh ! mais ce n'est pas mal,
Oui, l'art de bien donner est le point capital.
Voyons, Lise, à ton tour parle avec confiance :
— Selon moi, grand'maman, la douce Bienfaisance
Donne à ses actions moins de publicité,
Et de l'être souffrant épargne la fierté.
On doit faire le bien à l'ombre du mystère ;
Pourquoi du malheureux publier la misère ?

Le bienfaiteur, alors, qui vient le secourir,
Semble acheter le droit de le faire rougir.
Comme ces trois vertus que nous cache la nue,
La Bienfaisance, aussi, doit rester inconnue ;
Pour qu'elle soit bénie, il faut qu'un voile épais
Retombe sur la main qui répand les bienfaits.
— C'est bien la définir, ajouta ma grand'mère.
— Je pense comme vous, interrompit mon frère ;
Mais de sa fiction je ne suis pas surpris,
Car ma sœur est un ange et mérite le prix ;
Mon tableau, près du sien, a perdu de ses charmes,
Et c'est de bien bon cœur que je lui rends les armes.
— Non, dis-je en l'embrassant ; si maman le permet,
Tu garderas la boîte et moi le chapelet.
— Volontiers, mes enfants, j'étais embarrassée ;
Aussi j'approuve fort cette heureuse pensée.
Grâce au plan du tableau, rien n'est fait à demi ;
Chacun s'est montré sage, et Rosette a dormi.

DEUXIÈME VEILLÉE

Lise, apprête le thé, mes yeux s'appesantissent,
En dépit de la foudre et des flots qui mugissent,
Dit ma bonne grand'mère, un soir qu'avec élan
Mon oncle, en vieux marin, parlait d'un ouragan ;
Mais je veux écouter. Vous disiez donc, mon frère...
— Et je répète encor qu'il ne s'en fallut guère
Que tout fût submergé, passagers et marins,
Nous faillîmes servir de pâture aux requins.
— Bon Dieu ! vous m'effrayez ; mais quelle indifférence !
Rire d'un tel malheur, tandis qu'en votre absence,
Calme et me reposant sur vos derniers adieux,
J'attendais votre main pour me fermer les yeux !

— Allons, j'ai jeté l'ancre, et c'est bien, ce me semble.
Mais ne voyagez pas, ou nous cinglons ensemble.
Bonne maman sourit en lui tendant la main,
Et, malgré ses efforts, se rendormit soudain.
— Mon oncle, dit Léon en relevant la tête,
Vous devez bien jurer pendant une tempête?
N'épouvantez-vous pas ces pauvres matelots,
Quand votre grosse voix se mêle au bruit des flots?
Je suis presque certain que lorsqu'elle résonne,
Vous leur faites l'effet du tonnerre en personne.
Pour moi, qui ne crains rien, hormis votre courroux,
Je voudrais être là pour jurer avec vous.
— Paix, lui dis-je, Léon, ceci n'a pas d'excuse.
— Laisse-le donc parler, sa franchise m'amuse.
Voudrais-tu pas, mon cher, qu'en de pareils moments
Je fisse manœuvrer avec des compliments?
Que je dise à chacun, quand la mort se dévoile :
Ayez donc la bonté de serrer cette voile?
Ou, pour vous éviter de faire vos paquets,
Voudriez-vous, messieurs, caler les perroquets?
Oui, je jure et je frappe à la moindre méprise.
Eh ! c'est pour les sauver que je les brutalise.
Penses-tu que je craigne un danger personnel?
Non, je deviens bourru par amour paternel.
Oh! quand le désespoir a dompté leur courage,
Quel tableau déchirant et de cris et de rage !
C'est bien l'enfer du Dante et toutes ses douleurs,
Un bruit assourdissant d'anathèmes, de pleurs.
Celui-ci, l'œil en feu, dans le gouffre s'élance,
Pour éviter la mort l'insensé la devance !
En vain le flot le pousse aux pieds de l'Éternel,
Son regard foudroyant menace encor le ciel.
L'autre baise vingt fois, en faisant sa prière,
La boucle de cheveux que lui donna sa mère,
Et veut qu'un camarade, au sort plus résigné,
Lui porte sans délai l'argent qu'il a gagné ;

Celui-là veut du rhum et perce une barrique
En chantant son trépas sur un refrain bachique,
Quand l'autre, plus que fou, dans sa dévotion,
Sollicite à grands cris ma bénédiction.
Pour moi, las de lutter en efforts inutiles,
Je remets mon pouvoir en des mains plus habiles,
Et, ne pouvant sauver mes enfants malheureux,
Alors je m'agenouille, et je prie avec eux.
— Quoi! malgré vos cheveux blanchis dans ces secousses,
Mon oncle, vous priez comme vos petits mousses!
Dans un pareil danger et malgré votre ardeur,
Pensez-vous de Neptune arrêter la fureur?
Selon ce que j'ai lu des belles Néréides,
Les moustaches font peur à ces nymphes timides,
Et, loin d'intervenir près du maître des eaux,
Je les vois regagner leurs palais de roseaux.
— Fais-moi grâce d'abord de ta mythologie,
Je n'y comprends pas plus qu'à la théologie ;
C'est de l'hébreu pour moi; mais apprends, mon neveu,
Qu'on lit avec le cœur dans le livre de Dieu;
C'est là qu'il est ouvert, et le ciel et l'abime,
Tout l'annonce et me dit que le doute est un crime.
Tu vois qu'un vieux marin n'a pas ton esprit fort.
— J'ai voulu plaisanter, mon oncle, et j'avais tort.
Pardonnez, je vous prie. Oh! grand'maman s'éveille!
— C'est bien fait, dit mon oncle en lui tirant l'oreille.
Tu vas être tancé dans un sermon nouveau.
— Non, non, ne dites rien, le vôtre était si beau!

TROISIÈME VEILLÉE

Est-il vrai, grand'maman, disait un soir Léon,
Que vous ayez loué le petit pavillon?

C'est un singulier goût de celui qui l'habite.
Seul, au fond d'un jardin, aller vivre en ermite,
Quand la nature en deuil, au plus fort des hivers,
Gémit sur ses trésors d'un blanc linceul couverts.
Dans l'âtre d'un reclus en vain le feu petille,
Pour en sentir le prix il faut être en famille,
Et celui qui n'a rien ne souffre qu'à demi
S'il réchauffe sa main dans la main d'un ami.
Des goûts capricieux de l'injuste fortune,
Au pauvre genre humain doit-on garder rancune?
Nous n'avons pas, non plus, large part à ses dons,
Mais nous sommes heureux, puisque nous nous aimons.
J'en conclus que votre hôte est d'humeur peu traitable...
— Léon, dit grand'maman, tu n'es pas charitable ;
Il doit venir ce soir pour nos arrangements,
Jusque-là, mon ami, suspends tes jugements ;
Lorsqu'à vivre isolé l'homme peut se contraindre,
Songe qu'il est toujours moins à blâmer qu'à plaindre ;
Peut-être est-ce un penchant que le malheur accrut.
Grand'mère en était là quand l'étranger parut.
Je crois le voir encor : sur ce pâle visage,
Où de tristes sillons avaient devancé l'âge,
On cherchait vainement un bienveillant accueil ;
C'étaient l'aspect du marbre et le froid du cercueil.
Sur un siége, d'abord présenté par mon frère,
Notre hôte, en s'inclinant, s'assit près de grand'mère.
— Eh bien, monsieur, dit-elle en attisant le feu,
Dans votre appartement vous plaisez-vous un peu?
J'en doute, à dire vrai, ce n'est pas à votre âge
Qu'on s'enterre vivant au fond d'un ermitage ;
Le monde et ses plaisirs ont encor tant d'attraits !...
— Pour moi, dit l'étranger, j'y renonce à jamais ;
J'ai fait, à mes dépens, une pénible étude
De l'esprit social et de sa turpitude ;
Ce monde, en apparence aimant et généreux,
Qu'est-il au fond? jaloux, égoïste, haineux.

Êtes-vous reconnu pour homme de mérite,
De ce titre flatteur le vicieux s'irrite,
Et vous suspecte alors, car son cœur est trop bas
Pour croire à des vertus qu'il ne possède pas.
Sans honte, il fait mouvoir l'ignoble calomnie,
Pour vous assimiler à son ignominie,
Et, pour hâter les coups d'un sceau réprobateur,
De chaque esprit étroit vous fait un détracteur.
Ceci n'est rien encore : il est maint autre vice
Dont la société ne fera pas justice.
La voit-on signaler l'homme ignorant et vain
Qui, pour avoir des droits au titre d'écrivain,
Va flairant le savoir que l'infortune opprime,
Et d'un morceau de pain paye une œuvre sublime;
Ce commerçant bâtard, avide entrepreneur,
Qui s'engraisse aux dépens du pauvre travailleur;
Ces époux sans pudeur qui, chacun pour son compte,
Au front de sa moitié jette un reflet de honte ;
Le trafiquant vénal de titres et d'emplois;
L'usurier exploitant la misère aux abois;
Le haut spéculateur qui, sans qu'on l'importune,
Sait, avec des bilans, quadrupler sa fortune?
L'ambition, l'intrigue et la cupidité,
Voilà ce que j'ai vu dans la société.
Oh! croyez-moi, madame, on ne peut pas sans peine
Aux plus doux sentiments substituer la haine.
J'étais aimant et bon, mais le monde, aujourd'hui,
M'apprend à n'aimer rien; je vivrai loin de lui !
— Vous avez tort, monsieur, repartit ma grand'mère,
De votre cœur froissé la plainte est trop amère ;
Pourquoi s'appesantir sur les gens vicieux ?
N'en est-il pas aussi d'humains, de vertueux?
Philanthropes zélés, pour être infatigables,
Ils n'ont qu'un stimulant : l'amour de leurs semblables ;
Cherchant à nos travers des moyens de salut,
En dépit des écueils ils marchent droit au but;

Loin de se rebuter et de vivre dans l'ombre,
De ces hommes de bien il faut grossir le nombre.
Est-ce donc s'imposer une si dure loi?
En travaillant pour tous on est utile à soi.
Qu'est-ce qu'un misanthrope? un être bien à plaindre,
Dont le cœur desséché doit languir et s'éteindre,
Faute d'émotions et de doux sentiments;
Quand on n'aime plus rien, peut-on vivre longtemps?
Je l'éprouve par moi : bien que vieille et débile,
Je me soutiens encor par l'espoir d'être utile ;
Je renais, et je crois qu'il ne me manque rien,
Quand je me dis tout bas : J'ai fait un peu de bien !
Jusqu'au dernier moment j'utilise ma vie...
Vous souriez, monsieur? — Non, je vous porte envie,
Répliqua l'étranger. En dépit des ingrats,
Votre cœur généreux ne se rebute pas ?
Vous croyez qu'en ce monde, où tout est injustice,
La vertu doit un jour l'emporter sur le vice?
De penser comme vous j'ai vraiment peu d'espoir,
Mais vous m'avez ému, je reviendrai vous voir.

———

QUATRIÈME VEILLÉE

Oui, grondez-moi bien fort, je suis impardonnable ;
Quatre mois sans vous voir, c'est inimaginable.
Aussi, disait Céline, en nous embrassant tous,
J'apporte mon tapis pour broder près de vous.
Voyons, bonne maman, je serai bien gentille,
Appelez-moi toujours votre petite fille.
Vous savez qu'autrefois vous me donniez ce nom,
Et que j'avais ma place entre Lise et Léon.
  — Ne l'as-tu pas toujours, repartit mon aïeule,
Toi, leur meilleure amie et, de plus, ma filleule?

Ah! s'il ne dépendait que de ma volonté,
Je ne t'aimerais plus, pour en avoir douté.
Mais il faut aux enfants laisser ce badinage.
Quand on a comme toi quatre mois de ménage,
L'exemple et les conseils d'un excellent mari,
L'esprit doit se montrer un tant soit peu mûri.
— Aussi le mien l'est-il, interrompit Céline;
Mais on ne le croit pas, et cela me chagrine.
Quand je raisonne seule, en dépit des plaisants.
Je me prends à douter de n'avoir que seize ans,
Tant j'approfondis tout; c'est à devenir folle.
D'ailleurs, on me contraint à n'être plus frivole.
Songez donc, grand'maman, que dans notre maison,
Du matin jusqu'au soir il faut parler raison.
D'un mari commerçant le langage est étrange,
Je n'entends que ces mots : traite, lettre de change,
Escompte, prime, endos, fin courant, effectif;
Ajoutez à cela l'actif et le passif,
Et la hausse, et la baisse, enfin tout un grimoire
Dont je voudrais en vain surcharger ma mémoire.
Ce que je comprends bien, parmi tout ce fatras,
C'est que le mot plaisir ne s'y rencontre pas.
Quelle déception ! moi qui du mariage
Aimais à me créer une si douce image !
Enfin je me voyais dans ce monde enchanteur
Dont m'éloigna toujours un austère tuteur :
Pour plaire à mon époux, élégamment parée,
Je faisais l'ornement d'un bal, d'une soirée ;
Lui, fier de mes succès, que n'éprouvait-il pas,
Au murmure flatteur qui précédait mes pas?
On rehaussait son goût en me trouvant jolie,
Aussi sa joie allait jusques à la folie;
Il redoublait de soins. C'est ainsi qu'un époux
Ne craint pas les rivaux et fait mille jaloux.
— Bon Dieu! dit grand'maman, ta logique est bien neuve;
Qui te la suggéra?... — C'est une jeune veuve

Dont l'époux fut deux ans l'associé du mien.
La plus tendre amitié cimentait ce lien,
Mais la mort le rompit; cette triste ocurrence
Sur l'intérêt commun n'eut aucune influence ;
Mon mari fait toujours valoir ses capitaux,
Dont, par égard pour elle, il a doublé le taux.
Le temps a mis un terme à sa douleur profonde,
Et son deuil expiré la restitue au monde.
Jugez de mon bonheur, sa touchante amitié
-N'entrevoit de plaisir qu'où je suis de moitié.
Mon mari le permet; tandis qu'il thésaurise,
De l'ennui que j'éprouve il faut qu'il m'indemnise.
Et j'y tiens d'autant plus qu'on m'a donné l'espoir
De l'amener au point où je voudrais le voir.
Je conviens que d'abord j'étais mal affermie
Contre le plan tracé par ma nouvelle amie.
Au bal sans mon mari ! -- Mais qu'appréhendez-vous ?
Me disait-elle un jour; qu'il devienne jaloux?
C'est un mal pour un bien; vous ignorez, ma chère,
Que l'amour des maris en tiédeur dégénère,
Quand le nôtre, à leurs yeux, est trop démonstratif.
Chez eux, ce sentiment n'étant pas exclusif,
Il faut le stimuler. C'est convenable, et comme
La contradiction est inhérente à l'homme,
Le moyen le plus propre à le rendre empressé,
Est de lui laisser voir qu'il en est dispensé.
Quand l'écho lui dira que vous êtes l'idole
D'un cercle d'élégants, j'engage ma parole
Qu'il voudra l'emporter sur vos admirateurs,
En petits soins, égards et compliments flatteurs :
Une femme à la mode est l'astre qui domine.
— Bravo ! dit grand'maman interrompant Céline,
C'est un progrès de plus; dorénavant, au bal,
On ira faire un cours de bonheur conjugal.
Mais on t'abuse, enfant; quand, par la renommée,
Comme idole du jour tu seras proclamée,

Ton imprudent mari, loin d'en être flatté,
N'aura plus qu'à rougir de ta célébrité.
Oh ! ne m'interromps pas ; sais-tu ce qu'elle coûte,
Cette célébrité? Tu vas l'apprendre; écoute :
Dans ces brillants salons où, par oisiveté,
On dresse un piédestal à chaque nouveauté ;
A l'aspect d'une femme inconnue et timide
Chacun brigue l'honneur de lui servir de guide,
Et lui prodigue alors, pour son noviciat,
Tout ce que la louange a de plus délicat.
L'amour-propre flatté rend l'oreille accessible,
Et, par gradation, on est moins susceptible
Au ton plus cavalier du moderne Garat,
Qui donne à nos débuts le plus brillant éclat.
C'est l'oracle du jour, et, s'il nous déifie,
Les regards bienveillants dont on le gratifie
De la reine du lieu sapent la royauté,
Non sans fournir un texte à la malignité.
Mais comment résister, quand tout nous y convie,
Au plaisir d'éclipser la femme qu'on envie,
Et qui de sa couronne ornerait notre front,
Dont l'incarnat pudique au sien jette un affront?
Dieu me garde pourtant de signaler ta veuve,
Et tu resteras pure en dépit de l'épreuve ;
Mais, certes, la vertu qu'on invoque en ce cas
Évite les dangers et ne les brave pas.
Il est d'autres moyens que ceux qu'on te suggère
De stimuler l'amour... — N'achevez pas, grand'mère,
Mes yeux sont dessillés. Oh ! qu'il va m'être doux,
Ce bonheur calme et pur que je perdais sans vous !
Non, non, je ne veux plus qu'une voix étrangère
Dirige à l'avenir ma tête un peu légère,
Et, bien que dénués de brillantes couleurs,
Vos conseils, grand'maman, sont toujours les meilleurs.

LE HAVRE

Pour le Parisien, dont le vaste horizon
Se borne assez souvent au toit de sa maison,
Et qui n'a jamais vu, tant par eau que par terre,
Que Saint-Germain, Saint-Cloud, Charenton et Nanterre,
Rien ne peut surpasser, en merveilleux tableaux,
L'aspect d'un port de mer hérissé de vaisseaux.
Certes, Paris est beau; les arts ont fait merveille
Au sein de la cité qui cherche sa pareille ;
Palais, canaux, jardins, monuments de splendeur,
Tout y séduit les yeux, mais rien n'y parle au cœur.
Le Havre, à beaucoup près, n'affiche pas ce faste ;
Mais, dussé-je passer pour une enthousiaste,
Je dirai que ce port et simple et gracieux
Est rempli d'aliments pour le cœur et les yeux.
Voyez au premier plan cette longue jetée :
C'est la digue opposée à la mer irritée,
Où plane chaque nuit un phare protecteur,
Comme un regard de Dieu sur le navigateur.
C'est là qu'il faut aller pendant une tourmente ;
Oh ! que d'émotions cette vue alimente !
Comme on signale au loin ces bâtiments nombreux,
Disputant le passage aux flots tumultueux !
Et ces bateaux pêcheurs que la vague décime,
Leurs mâts, tantôt debout, tantôt rasant l'abîme,
Semblent nous présager qu'ils n'échapperont pas
Au gouffre incessamment entr'ouvert sous leurs pas.
Pour ces pauvres marins comme le cœur déploie
Ce qu'il contient de vœux, de terreur et de joie !

Car les voilà sauvés. Les vents capricieux
Les ramènent au port qui fuyait devant eux.
Mais où va ce canot de forme si mignonne,
Effleurant tout au plus l'élément qui bouillonne ?
C'est un pilote adroit qui vole aux alentours,
Signaler les écueils aux vaisseaux de long cours.
Le voyez-vous, là-bas, avec sa blanche voile ?
De ces châteaux flottants il est l'heureuse étoile ;
Qu'importent les couleurs dont ils sont pavoisés ?
Par le péril commun tous naturalisés,
Ils seront bienvenus ; pour eux la ville est fière
D'ouvrir à deux battants sa porte hospitalière.
Salut, salut à vous, utiles commerçants!
Venez vous reposer sur des flots caressants,
Dans ces vastes bassins défiez la tempête ;
L'homme qui les creusa pour servir de retraite
Aux trésors que la mer apporte dans ce lieu,
Mit la dernière main à l'ouvrage de Dieu.
Visitons ces bassins, précieuse ceinture
D'un immense bazar où l'univers figure.
Quelle animation sur ces bords encombrés
D'enfants, de voyageurs, de marins bigarrés,
Cartes d'échantillons des peuples de la terre
Se démenant en bloc pour changer d'hémisphère !
Là, c'est un armateur aidant ses matelots
A transporter à bord d'innombrables ballots.
Du riche aux travailleurs il franchit l'intervalle,
Et leur tend une main amie et libérale.
Plus loin, sur un trois-mâts, on fête bruyamment
Un saint fort révéré, patron du bâtiment ;
Jeunes et vieux marins, tous sautent pêle-mêle ;
En avant le chaudron, la marmite, la pelle !
Ils ont eu pour ce jour qui fait exception
Dispense de travail et double ration ;
Jusqu'au mousse bronzé qui figure au quadrille ;
Pauvre enfant, fustigé pour la moindre vétille,

Sur une casserole il se venge aujourd'hui,
Et frappe à tour de bras comme on frappe sur lui !
Ah ! laissez-les danser, monsieur le capitaine !
Demain vous levez l'ancre, une course lointaine
Offre tant de dangers ! Peut-être, à pareil jour,
Une morne stupeur, les frappant tour à tour,
Les laissera sans voix pour des chants d'allégresse,
Si Dieu ne répond pas au canon de détresse !
Passons, et saluons l'aspect inattendu
De ce brick démâté que l'on croyait perdu :
L'équipage, accueilli comme on accueille un frère,
Serait presque tenté de bénir sa misère.
Mais il faut nous hâter, car il nous reste à voir
Ce joli paquebot qui doit partir ce soir;
Il va par un bon vent cingler vers l'Amérique.
Qu'il est majestueux! quel coup d'œil magnifique!
On dirait que ses mâts, détestant leurs prisons,
Cherchent à s'évader par-dessus les maisons.
Sans trop nous arrêter sur le pont du navire,
Descendons au salon qu'à bon droit on admire.
Quel luxe ! et qu'on est bien sur ces moelleux divans !
Le riche passager peut y braver les vents,
Car il a sous sa main l'utile et l'agréable :
Riche bibliothèque à côté d'une table
Abondamment servie, et dont le doux fumet
Ne laisse regretter ni Véry, ni Chevet.
Là, de suaves fleurs, richement encaissées,
A des glaces de prix semblent entrelacées.
Mêlez-vous la musique à vos distractions,
Voici des instruments et des partitions.
Ajoutez à cela l'aimable causerie
Que l'éducation alimente et varie.
L'écarté, la bouillotte, et mille passe-temps
Dont les gens fortunés occupent leurs instants;
Puis, lorsque vient le soir, des portes parallèles,
Qu'un bouton de cristal inonde d'étincelles,

S'ouvrent et laissent voir double rang de bons lits
Où chacun va dormir bercé par le roulis.
Vraiment, le capitaine a tout mis en usage
Pour vous dissimuler l'ennui d'un long voyage,
Et l'on voudrait, je crois, s'expatrier aussi,
Rien que pour le plaisir de s'installer ici.
Quittons ce paradis et suivons notre guide,
A gagner l'entre-pont sans peine il nous décide,
Car dans ce bâtiment, modèle de bon goût,
Le luxe du salon doit s'étendre sur tout.
Qu'est-ce que l'entre-pont ? quelque boudoir, je gage ?
Non, c'est le logement des gens de l'équipage
Et d'autres passagers... N'importe, descendons
Dans ces vastes caveaux où l'on marche à tâtons...
Ah ! j'y vois encor trop ! Quelle affreuse misère
Se montre à la lueur d'un pâle réverbère !
Que font ces malheureux dans cet antre malsain ?
Leurs traits sont amaigris, on dirait qu'ils ont faim !
« Bah ! dit le cicerone en faisant la grimace,
« Ce sont des paysans qui viennent de l'Alsace
« Et vont en Amérique, où l'on manque de bras
« Pour défricher la terre ; on leur dit que là-bas
« Ils seront gros fermiers, et, dans cette espérance,
« Ils partent en payant cinquante écus d'avance,
« Prix de la traversée et d'un peu de biscuit.
« Le reste les regarde, et tout est bientôt cuit... »
Oh ! ne prodiguez pas la froide raillerie
A ces infortunés que la faim expatrie !
Vous ne voyez donc pas qu'ils ont froid, qu'ils sont nus ?
Qu'ils pleurent le pays... dont ils sont méconnus ?
Bon Dieu ! qu'ils vont souffrir dans ce trajet immense,
Qui va mettre en contact le luxe et l'indigence !
A l'aspect des heureux qui les verront pleurer,
Dites, n'auront-ils pas le droit de murmurer :
« Quoi, sur le même sol en richesses fertile,
« Ces gens si fastueux nous savaient sans asile,

« Et notre voix vers eux s'est élevée en vain !
« Que demandions-nous donc? du travail et du pain ! »
Et les pauvres enfants, colportant leur misère,
Vont mendier encor sur la rive étrangère ;
Car, bien qu'attirés là par un doux aperçu,
Ils n'y trouveront rien, rien qu'un espoir déçu.
Ah! sortons de ce gouffre et regagnons la plage,
J'ai le cœur trop serré pour en voir davantage.

A UNE JEUNE FILLE

LE JOUR DE SA PREMIÈRE COMMUNION.

Aujourd'hui pour toi se prépare
Une grande solennité,
C'est la limite qui sépare
L'enfance de la puberté.
Aux rayons d'une vive flamme
Dieu descend pour ouvrir notre âme
Aux sentiments affectueux.
Qu'il double pour toi, jeune fille,
Ce saint amour de la famille,
Foyer des penchants vertueux.
Toujours plein de mansuétude,
Pour qui l'invoque avec ferveur,
Dieu bénit les fruits de l'étude,
Accroît les qualités du cœur.
Et l'enfant studieuse et bonne
Étend sur ce qui l'environne
La protection du Seigneur.

MA PRIÈRE

Chez moi l'ennui comme une ombre circule,
J'ai le cœur froid et l'esprit soucieux ;
Qu'est devenu ce temps où ma cellule
Retentissait de mes refrains joyeux !
Pour secouer cette paralysie,
Reviens, reviens, accorte et sans façon,
Fille des cieux, riante poésie,
Réveille en moi l'amour de la chanson.

Pour m'arracher à ces pensers moroses
Dont se repaît l'artisan casanier,
Tu me créais des amis et des roses
Qui me cachaient les murs de mon grenier.
Amis et fleurs sont douces fantaisies
Dont j'aime tant à rêver la moisson !
    Fille des cieux, etc.

Malgré les ans dont la lugubre escorte,
Sur nos plaisirs chante un *De profundis*,
Quand les amours passent devant ma porte,
Je me souviens qu'ils y frappaient jadis.
Pour dévoiler, sans nulle hypocrisie,
Comment un cœur est pris à l'hameçon,
    Fille des cieux, etc.

J'entends partout des poëtes austères,
Forts d'un talent qu'on ne saurait nier,
En vers pompeux étaler nos misères
Que Désaugiers nous faisait oublier.

Si la gaieté, pleine de courtoisie,
Peut au malheur épargner un frisson,
Fille des cieux, etc.

D'un grand festin je ne suis pas avide,
Mais! pour tenir ma place à nos banquets[1],
Combien de fois, sur mon assiette vide,
J'ai bien ou mal crayonné des couplets !
Puisque chez nous, pour verser l'ambroisie,
Aux conviés tu tiens lieu d'échanson,
Fille des cieux, riante poésie,
Réveille en moi l'amour de la chanson.

—

N'OUBLIEZ PAS MA FENÊTRE

MUSIQUE D'ERNEST LÉPINE.

Doux chantres de la nature,
Petits oiseaux, tout l'été
Je vous donnais la pâture,
Vous m'apportiez la gaîté.
Les beaux jours vont disparaître,
Mais mon cœur vous est connu ;
N'oubliez pas ma fenêtre
Quand l'hiver sera venu.

[1] L'auteur fait partie de la société dite la *Lice chansonnière.*

Nous avions de douces choses
Pour déjeuner sans façons,
Vous du pain frais sous mes roses,
Moi des fruits et vos chansons.
De notre commun bien-être
Pour toucher le revenu,
　　N'oubliez pas, etc.

Que de fois, pauvre malade,
J'ai quitté mon oreiller
Pour vous payer d'une aubade
Qui m'aidait à travailler !
Vous qui jeûneriez peut-être
Sous les yeux d'un parvenu,
　　N'oubliez pas, etc.

Un matin que vos louanges
Montaient vers le Créateur,
Je rêvais qu'avec les anges
Ma mère chantait en chœur.
O vous qui me semblez être
L'écho d'un monde inconnu !
　　N'oubliez pas, etc.

Votre gaîté vive et franche
Peut combattre les autans,
Mais moi, dont le front se penche,
Verrai-je ou non le printemps ?
J'attends l'arrêt du grand Maître ;
S'il ne m'est pas parvenu,
N'oubliez pas ma fenêtre
Quand l'hiver sera venu.

SUZETTE

MUSIQUE DE BLANCHARD

Suzette, je te vois rêveuse,
C'est à peine si tu souris,
Tu penses à la voyageuse,
Ainsi qu'aux brillants étourdis
Qui vinrent goûter ton pain bis ;
Tes yeux fixés sur la coquette
N'ont vu que satin et velours ;
Crois-moi, ne change pas, Suzette,
Ton bavolet pour ses atours.

Comme toi, dans un simple asile,
Elle exhalait ses joyeux chants,
Quand un souffle impur de la ville
Effeuilla cette fleur des champs,
Dont l'âme est morte aux doux penchants.
On flétrit sa riche toilette,
On respecte tes jupons courts.
Crois-moi, ne change pas, Suzette,
Ton bavolet pour ses atours.

Quand elle quitta sa chaumière,
Où le deuil pénétra soudain,
Sais-tu ce que fit son vieux père,
Obligé de tendre la main ?
Il mourut de honte et de faim
Dans ta modeste maisonnette,
Le tien te bénit tous les jours.

Crois-moi, ne change pas, Suzette,
Ton bavolet pour ses atours.

Le hasard qui la rendit mère
Fut maudit comme un coup du sort,
Et sur le sein d'une étrangère
L'orphelin, repoussé d'abord,
Trouva l'abandon et la mort.
Tu verras bondir sur l'herbette
Le fruit de tes chastes amours.
Crois-moi, ne change pas, Suzette,
Ton bavolet pour ses atours.

Malgré l'éclat dont elle brille,
Je la vois au déclin des ans,
Sans biens, sans amis, sans famille,
Sous le poids de regrets cuisants,
Implorer les cœurs bienfaisants.
Au sein d'une fortune honnête,
A toi le pauvre aura recours.
Crois-moi, ne change pas, Suzette,
Ton bavolet pour ses atours.

LE FEUILLET

Tu ne fais donc plus de chansons?
Me dit un auteur plein de verve;
J'ai là quelques plans en réserve,
Entre amis on est sans façons;

Voici mon carnet, choisissons.
Mets à profit ma complaisance,
Je vais t'indiquer un sujet ;
S'il n'est pas à ta convenance,
Nous retournerons le feuillet.

Veux-tu retremper tes esprits
Aux riants souvenirs d'enfance,
Cet âge où même l'espérance
Est encore un mot incompris,
Tant les plaisirs vifs ont de prix ?
— Non, non, cette joie éphémère
Attacha son dernier reflet
Au dernier baiser de ma mère.
Amis, retournons le feuillet.

— Veux-tu de l'actualité ?
Persifle ces gens au teint blême
Qui veulent, avec leur problème
De concorde et d'égalité,
Réformer la société.
— Non, du bonheur cherchant la cime,
S'ils s'égarent dans le trajet,
Le but n'en est pas moins sublime.
Amis, retournons le feuillet.

— Tu devrais dire à haute voix
Qu'il est temps enfin qu'on proclame
L'affranchissement de la femme ;
Qu'ainsi que l'homme elle a des droits
Aux biens, aux honneurs, aux emplois.
— Non, non, j'aime mieux qu'elle brille
Du doux éclat dont se revêt
L'ange gardien de la famille.
Amis, retournons le feuillet.

— Réfute ces absurdités
Qu’on nous prêche au nom du Saint-Père !
Que plus notre vie est amère,
Plus nous aurons d’indemnités
Au séjour des félicités.
-- Non, non, pour attrister la route
Qui mène au bien qu’on nous promet,
N’avons-nous pas assez du doute?
Amis, retournons le feuillet.,

— Que ne chantes-tu l’amitié,
Toi qui la ressens et l’inspires
Fort bien ; je vois à tes sourires
Que ton cœur au nôtre lié
Ne la peindra pas à moitié.
— Amis, je rends grâce à ton zèle,
Oui, si mon esprit s’éveillait,
Mes derniers vers seraient pour elle.
Ne retournons pas le feuillet.

MARCELINE

MUSIQUE DI DARGIER

I

Un matin qu’il neigeait bien fort,
Deux petits pâtres du village,
Joyeux comme on l’est au jeune âge,
Allaient ramasser du bois mort.

Tous deux chantaient quand Marceline
Leur dit d'un accent triste et doux :
En longeant la forêt voisine,
Enfants, prenez bien garde aux loups.

II

Comme vous riant et vermeil,
Un jour aussi mon petit Pierre,
En chantant, quitta la chaumière
Témoin de son dernier réveil.
Hélas ! ce front pur et candide
Dont un ange eût été jaloux,
Je l'ai revu froid et livide.
Enfants, prenez bien garde aux loups.

III

Seul trésor de mon avenir,
De son père il était l'image,
Et portait sur son frais visage
L'espérance et le souvenir.
A mes forces, douleur amère,
Dieu n'a pas mesuré ses coups,
Oh ! par pitié pour votre mère,
Enfants, prenez bien garde aux loups.

IV

A la place où pâle et sans voix
A succombé mon petit Pierre,
Trop pauvre pour mettre une pierre,
J'ai planté deux bâtons en croix.
Enfin, si la douleur m'attire
Où Dieu nous donne rendez-vous,
Cette croix sera là pour dire :
Enfants, prenez bien garde aux loups.

V

Marceline l'avait bien dit,
De son sein Dieu souffla la flamme ;
Où l'enfant avait rendu l'âme
La pauvre mère s'éteignit.
Là, quand tout dort dans la nature,
Excepté les vents en courroux,
On prétend qu'une voix murmure :
Enfants, prenez bien garde aux loups.

LE BONHEUR ET L'ESPÉRANCE

L'homme se plaint de la fatalité ;
A-t-il raison? Moi, je crois qu'il s'abuse ;
De son esprit la versatilité
Seconde puissamment le destin qu'il accuse.
  Vers le bien-être il marche avec ardeur,
  Mais, par nature enclin à l'inconstance,
    Souvent il quitte le bonheur
    Pour courir après l'espérance.   (Bis.)

Libre d'ennui, dans l'état mitoyen,
Armand disait, en quittant sa province :
A mes désirs il ne manquerait rien
Si j'obtenais un rang et la faveur du prince.
  L'ambitieux, au sein de la grandeur,
  Ne rencontra que haine et dépendance ;

> Devait-il quitter le bonheur
> Pour courir après l'espérance ?   (*Bis.*)

A dix-huit ans, d'un jeune industriel
Marie était l'heureuse ménagère,
Lorsque soudain l'offre d'un riche hôtel
Vint lui montrer un sort qu'elle crut plus prospère.
Fruit du remords, à travers sa splendeur
Ses traits flétris attestent sa souffrance.
> C'est qu'elle a quitté le bonheur
> Pour courir après l'espérance.   (*Bis.*)

En exerçant un état lucratif,
Paul se livrait à son goût poétique ;
Quelques succès, prix d'un génie actif,
Firent poindre à ses yeux un siége académique.
Adieu repos, plaisir, amis de cœur,
Il s'éteignit las de persévérance.
> Devrait-on quitter le bonheur
> Pour courir après l'espérance ?   (*Bis.*)

Eh quoi ! du bal en vain l'heure a sonné !
Tu ne viens pas ? disait Claire à Palmire,
Qui doucement berçait son premier-né,
Et par de longs baisers provoquait son sourire.
—Non, non, sans moi tu peux danser, ma sœur,
Et dans l'éclat chercher la jouissance,
> Je ne quitte pas le bonheur
> Pour courir après l'espérance.   (*Bis.*)

En vain le cœur veut se régénérer,
Quand le printemps a fait place à l'automne ;
Comme à l'enfant qu'on entend soupirer,
L'amour, à l'âge mûr, promet plus qu'il ne donne.
Douce amitié, ton charme séducteur
Depuis longtemps me dit par prévoyance :

Ne quitte jamais le bonheur
Pour courir après l'espérance.   (*Bis.*)

—

UNE MÈRE A SON FILS

Sur cette terre, où l'on voyage
Errant au souffle du hasard,
Utilisons notre passage
Pour qu'on nous regrette au départ.
Que le luxe ou non t'environne,
Mon fils, tu peux partir demain.
Pour qu'on t'apprête une couronne,
Jette des fleurs sur ton chemin.

Vois-tu cet homme au front sévère,
Qui vieillit seul et sans appui?
Il a, dans un jour de colère,
Chassé son enfant loin de lui.
Aime les tiens, Dieu te l'ordonne,
A qui s'égare tends la main.
    Pour qu'on t'apprête, etc.

Détourne du sentier du vice
L'orpheline sans feu ni lieu,
Prête à sonder un précipice,
Comme un ange oublié de Dieu;
Forme cette âme douce et bonne
A l'amour pur, au chaste hymen.
    Pour qu'on t'apprête, etc.

Vois, pour un mot, une chimère,
Ces deux fous prêts à s'immoler;
Ils ont donc oublié leur mère?
Mon fils, cours la leur rappeler;
Que par toi ce nom qui résonne
Les garde purs de sang humain.
Pour qu'on t'apprête une couronne,
Jette des fleurs sur ton chemin.

—

MON ESPOIR

Vous dont l'esprit penche vers l'athéisme,
Et de la foi repousse le flambeau,
Ah! laissez-moi, par un heureux sophisme,
Rêver la vie au delà du tombeau.
Si notre corps contient une parcelle
Du Créateur qui nous mit ici-bas,
Ainsi que lui notre âme est immortelle.
C'est mon espoir, ne le détruisez pas.

Oui, j'ai besoin qu'une riante image
Vienne parfois retremper mes esprits;
Quand les chagrins énervent mon courage,
J'élève au ciel mes regards attendris.
Pauvre isolée, au bonheur étrangère,
Douce amitié là-haut me tend les bras;
Je reverrai mes amis et ma mère,
C'est mon espoir, ne le détruisez pas.

Quand, fatigué de la misère humaine,
Nous murmurons contre un destin fatal.
Si nous cédons à l'envie, à la haine,
D'où vient la voix qui nous dit : Tu fais mal?
L'homme de bien, fort de sa conscience,
S'il a lutté, peut sourire au trépas.
Il est au ciel un Dieu qui récompense,
C'est mon espoir, ne le détruisez pas.

Je me souviens qu'au printemps de la vie,
Raison, amour, avaient fixé mon choix;
Tout souriait à mon âme ravie,
J'aimais alors comme on aime une fois.
Affreux revers ! la mort aux doigts de glace
Frappa celui qui devinait mes pas;
Mais sur son sein je reprendrai ma place,
C'est mon espoir, ne le détruisez pas.

Loin d'annoncer la céleste vengeance,
Oh! par pitié, ministres des autels,
N'effrayez pas ma faible intelligence
Par le tableau des tourments éternels.
Sans calculer si, pendant le voyage,
Le naufragé se servait du compas,
Malgré ses torts, Dieu l'accueille au rivage,
C'est mon espoir, ne le détruisez pas.

LA PETITE ORPHELINE

MUSIQUE DE MAZINI

En expirant, ma pauvre mère
Me dit : Enfant, tu n'as plus rien ;
Pour lutter contre la misère,
Invoque ton ange gardien.
Mais ces luttes sont trop cruelles,
Malgré ton secours précieux,
Bon petit ange aux blanches ailes,
Ouvre-moi la porte des cieux !

Quand j'obtiendrais par la prière
Un abri pour me reposer,
Qui donc me donnerait sur terre
Un sourire pour un baiser ?
Dieu seul, aux voûtes éternelles,
Sourit aux enfants malheureux.
    Bon petit ange, etc.

Au paradis où tu reposes,
On m'a dit que les orphelins
Sont couchés sur des lits de roses,
Et bercés par des chérubins.
Ravie aux bontés maternelles,
N'ai-je pas ma place auprès d'eux ?
    Bon petit ange, etc.

Quand le jour se couvre de voiles,
Après le dernier angélus,

Dans son riche manteau d'étoiles
Dieu rassemble tous ses élus.
Au foyer de ces étincelles
Il n'est pas d'hiver rigoureux.
   Bon petit ange, etc.

Mais en moi quel trouble s'opère !
Un écho répond à mon cœur.
Entends-tu la voix de ma mère
Mêlée à celle du Seigneur ?
« Enfant, disent-ils, tu chancelles ?
Un nuage couvre tes yeux !
Bon petit ange aux blanches ailes,
Ouvre-lui la porte des cieux ! »

IL EST DES ROSES EN TOUT TEMPS

La vie est un chemin aride,
Orné pourtant de quelques fleurs ;
Elles sont, pour notre âme avide,
Ce qu'un baume est à nos douleurs.
Ces fleurs qu'avec joie on caresse,
Ne brillent-elles qu'au printemps ?
Pourquoi les regretter sans cesse ?
Il est des roses en tout temps.

A choisir les amours pour guides,
Gentil Bernard fut toujours prompt ;

L'art de plaire effaçait les rides
Que le temps posait sur son front.
S'il n'éprouva nulles disgrâces
Auprès des belles de vingt ans,
C'est que pour l'esprit et les grâces
Il est des roses en tout temps.

Arrachée au trône de France,
Joséphine, au fond d'un hameau,
Porta l'active bienfaisance
Qui l'anima jusqu'au tombeau.
Pour prix du bonheur sans mélange
Que lui devaient ses habitants,
Elle éprouva que, pour un ange,
Il est des roses en tout temps.

A la chapelle du village,
Voyez-vous ce bon laboureur
Renouveler son mariage
Après cinquante ans de bonheur.
En voyant prier et sourire
Les fruits de leurs amours constants,
Ces vieux époux semblent se dire :
Il est des roses en tout temps.

Toi qui doubles ton existence
Avec l'amour ou l'amitié,
De ce misanthrope en démence
Dessille les yeux par pitié;
Cette haine qu'il alimente
Devance ses derniers instants :
Dis-lui que pour une âme aimante
Il est des roses en tout temps.

En s'accumulant sur ma tête,
Les ans ont chassé les amours;

Sans leur adresser ma requête,
N'ai-je pas encor de beaux jours?
Quand un ami que je retrouve
Retient ma main quelques instants,
Je sens au plaisir que j'éprouve
Qu'il est des roses en tout temps.

—

VIEILLIR

MUSIQUE DE CH. PLANTADE.

De grâce, ma bonne marraine,
Apprenez-moi votre secret ;
Vous qui, malgré la cinquantaine,
Voyez le passé sans regret.
— Mon enfant, de l'expérience
Les fruits sont lents à recueillir ;
Fais comme moi, par prévoyance,
Apprends de bonne heure à vieillir.

Vieillir, pour un être vulgaire,
Est le synonyme d'ennui ;
Puisque le temps nous fait la guerre,
Agissons de ruse avec lui.
Veux-tu cacher, sous ta couronne,
Les ans qui viendront t'assaillir?
Orne ton esprit et sois bonne,
On ne te verra pas vieillir.

L'amour seul, ma gentille élève,
N'est pas notre dupe, et pourtant,

On dirait que sur notre rêve
Il jette une rose en partant ;
C'est que, léger de caractère,
Mais enclin à se recueillir,
Il se réserve un pied-à-terre
Chez la femme qui sait vieillir.

Il faut donc, en bonne logique,
Pour lutter au moment fatal,
En perdant un charme physique,
Acquérir un attrait moral.
Quand elle a puisé dans son âme
Le don de se faire accueillir,
C'est en souriant qu'une femme
S'applaudit d'avoir su vieillir.

Vos conseils sont fort salutaires,
Dit la fillette vivement,
Puis, en forme de commentaires,
Elle ajouta malignement :
D'un mérite acquis, non sans peine,
Vous pouvez vous enorgueillir ;
Convenez pourtant, ma marraine,
Qu'il vaudrait mieux ne pas vieillir.

ANDRÉ

MUSIQUE DE BONOLDI.

I

Pieds nuds, sans pain, déjà las de souffrance,
Petit André, sa vielle sur le dos,
Fuit sa patrie, et, regardant la France,
Dit d'une voix qu'altèrent les sanglots :
Pour l'orphelin désormais sans asile
La charité n'a rien d'humiliant ;
Allons là-bas, les riches de la ville
Auront pitié du petit mendiant.

II

Dans la cité, sans soutien, sans refuge,
A jeun le soir, André tendit la main,
Pour ce délit, conduit aux pieds d'un juge,
Sous les verrous il gémira demain.
Muet d'effroi, l'enfant que l'on rejette
Élève au ciel un regard suppliant ;
Dieu lui sourit et prend pour interprète
Le défenseur du petit mendiant.

III

Mêler, dit-il, cette fleur à la fange
Du vagabond justement châtié,
C'est se prêter à la chute d'un ange
Que le Seigneur a sans doute oublié.

Tendant alors une main protectrice
Au pauvre André qui pleure en souriant,
Pour l'arrêter au bord du précipice,
Il adopta le petit mendiant.

IV

Voyez là-bas, dans sa noble attitude,
L'homme éloquent que l'on cite aujourd'hui,
Bien jeune encor sillonné par l'étude,
Des orphelins c'est le plus ferme appui.
Jamais en vain sa voix douce et sonore
Ne s'éleva pour un pauvre client ;
Cet avocat dont le barreau s'honore,
Fut autrefois André le mendiant.

CE QUE JE VEUX

J'aime à me bercer d'espérance,
Et, dans un riant avenir,
Je cherche à me créer d'avance
Ce bonheur qu'on doit définir,
    Et ce qu'il faut enfin pour l'obtenir.
Tandis que mon esprit caresse
L'illusion qui sourit à mes vœux,
    Je vole une heure à ma tristesse,
Et voilà, oui, voilà tout ce que je veux

A dix pas de la capitale
Je vois un modeste réduit,
C'est là gaîment que je m'installe
En disant : Qui m'aime me suit.
Adieu Paris, la contrainte et le bruit ;
    Pas de superflu, pourquoi faire?
Mais, pour aider un ami malheureux,
    Un peu plus que le nécessaire,
Et voilà, oui, voilà tout ce que je veux.

    Je vois d'abord monsieur le maire,
    C'est l'autorité du pays,
    Il est veuf et sexagénaire,
    Et, pour être de mes amis,
A mes désirs il se montre soumis.
    Si quelque braconnier dépasse
L'enclos boisé d'un vieux chasseur goutteux,
    Je dis un mot, il a sa grâce,
Et voilà, oui, voilà tout ce que je veux.

    Jacques vient d'épouser Suzette :
    Ce couple n'est pas fortuné ;
    Dépêchons-nous à la layette
    Que je destine au nouveau-né.
Mais il leur faut un travail moins borné.
    Du château la riche fermière
Cède son bail et je l'obtiens pour eux ;
    On me bénit dans la chaumière,
Et voilà, oui, voilà tout ce que je veux.

    Près de l'église du village,
    Voyez ce tertre de gazon,
    On y met un simple entourage
    Des fleurs que donne la saison,
Pour encadrer une croix sans blason.

Puis d'une voix mal affermie,
Le pauvre dit au passant curieux :
Ici repose notre amie,
Et voilà, oui, voilà tout ce que je veux

———

LE PRINTEMPS

Réveille-toi, ma muse,
Oublions les autans ;
Viens, ma pauvre recluse,
Saluer le printemps.

Peux-tu rester muette,
Quand l'astre radieux
Sur nos rives reflète
L'or et l'azur des cieux ?
   Réveille-toi, etc.

Gracieuse et coquette
Dans ses moindres apprêts,
Flore à la violette
Doit ses plus doux attraits.
   Réveille-toi, etc.

Par son gentil ramage,
De sa paternité
L'oiseau va faire hommage
A la Divinité.
   Réveille-toi, etc.

Le zéphyr qui se joue
Quand la bise a gémi,
Est doux à notre joue
Comme un baiser d'ami.
   Réveille-toi, etc.

Glissant sur la muraille,
Un rayon printanier
Va réchauffer la paille
Du pauvre en son grenier.
   Réveille-toi, etc.

Sais-tu que l'indigence
Errante et sans abri
Peut rêver l'espérance
Sur un gazon fleuri ?
   Réveille-toi, etc.

Si l'hiver favorise
D'orgueilleuses splendeurs,
Le ciel nous indemnise
A la saison des fleurs.

Réveille-toi, ma muse,
Oublions les autans ;
Viens, ma pauvre recluse,
Saluer le printemps.

RAPPROCHONS LES DISTANCES

MUSIQUE D'ÉMILE DURAND.

Dieu nous a créés tous égaux,
   Puis du séjour céleste
Il versa les biens et les maux,
   Le hasard fit le reste.
Puisqu'il dota l'humanité
De bonnes et mauvaises chances,
En faveur de l'égalité,
   Rapprochons les distances.

Autrefois un homme lettré
   Était un phénomène,
Dont le contact eût illustré
   La caste plébéienne ;
Mais l'artisan qu'un noble orgueil
Poussait aux mêmes connaissances,
Dit, en surmontant chaque écueil :
   Rapprochons les distances.

Ce vieillard dont l'œil abattu
   Prouve plus d'un mécompte,
A notre aspect est combattu
   Par la faim et la honte,
Il hésite et reste en chemin,
Courbé sous le poids des souffrances.
Amis, en lui tendant la main,
   Rapprochons les distances

Au front sillonné par les ans,
   Joindre l'humeur quinteuse,

C'est comprimer dans ses élans
    La jeunesse joyeuse ;
Puisque près d'elle on est porté
A de douces réminiscences,
Par l'indulgence et la gaîté,
    Rapprochons les distances.

Le bonheur est si loin de nous,
    Grâce à nos vœux sans nombre,
Qu'on peut nous comparer aux fous
    Qui poursuivent une ombre ;
Loin de consacrer nos loisirs
A l'accabler de doléances,
Par l'entremise des plaisirs,
    Rapprochons les distances.

—

LE RÉVEIL-MATIN

MUSIQUE DE PAUL HENRION.

I

Ma vieille tante Gribiche,
    En fermant les yeux,
Ne laissa, n'étant pas riche,
    Rien de précieux.

Hier on fit le partage
   Du pauvre butin,
Et j'eus, pour tout héritage,
   Son réveil-matin.

II

Or, cette Samaritaine
   Vient mal à propos ;
Il faut à ma soixantaine
   Beaucoup de repos ;
Pour que le sommeil m'abrége
   Un triste chemin,
Voyons, à qui donnerai-je
   Mon réveil-matin ?

III

Ce petit clerc de notaire
   Que je vois là-haut
A, dit-on, beaucoup à faire,
   C'est ce qu'il lui faut ;
Mais il lorgne la voisine,
   Brune à l'œil mutin,
Qui lui tient lieu, j'imagine,
   De réveil-matin.

IV

Ce monsieur, qui n'a ni rentes
   Ni profession,
Suit les modes délirantes
   De la fashion ;
Dans son logis que tapisse
   Velours ou satin,

Les créanciers font l'office
   De réveil-matin.

V

Cet autre, à l'œil de vipère,
   Qui loge au grenier,
N'est bon époux ni bon père.
   Il est usurier.
Au jour l'écho me rejette
   Un son argentin,
Cet homme a dans sa cassette
   Son réveil-matin.

VI

Voici la douce Marie
   Dont le père est mort,
La pauvre enfant pleure, prie,
   Soupire et s'endort ;
Orpheline, elle est sans armes
   Contre le destin ;
Ne donnons pas à ses larmes
   Un réveil-matin.

VII

Plus bas, quelle joie éclate ?
   Bon, j'ai deviné,
L'heureux ménage d'Agathe
   Compte un premier-né.
Dieu, quand il met sur la terre
   L'ange ou le lutin,
Attache au cœur de la mère
   Un réveil-matin.

VIII

Triste ou gai, dans cette vie,
   Chacun a le sien,
Et personne, je parie,
   Ne voudra du mien.
Si l'on me fait cette niche
   J'irai, c'est certain,
Rendre à ma tante Gribiche
   Son réveil-matin.

POUR L'AMOUR DE DIEU

MUSIQUE DE PAUL HENRION

I

Mon Dieu ! Catherine, qu' t'es gentille,
Quand, dès l' matin au point du jour,
En bonne mère de famille,
Tu viens surveiller ta bass'-cour.
— Dam', Bastien, par droit de nature
Nous sommes tous enfants du Seigneur,
Et quand j' prends soin d' la créature,
J' crois voir sourir' le Créateur.
J'observe ainsi ce précepte suprême
   De saint Matthieu :

Il faut aimer son prochain comm' soi-même
    Pour l'amour de Dieu.

II

Catherin', je t'aim' de tout' mon âme,
Et j' voudrais ben êtr' ton mari;
Mais, avant de d'venir ma femme,
Crois-tu pouvoir m'aimer aussi?
— Dam', Bastien, ça m' parait facile,
D'autant plus qu' si j' vous épousais,
Vous qu' êtes ben gentil, ben docile,
J' suis sûr' que j' f'rais tout c' que j' voudrais;
Aussi, près d' vous j' dirais sans peine extrême,
    J'en fais l'aveu :
Il faut aimer son prochain comm' soi-même
    Pour l'amour de Dieu.

III

Ce précepte est fort beau, ma chère,
Mais, c'est drôl', j' n' sais pas pourquoi,
Quand tu seras ma ménagère
J'aim'rai bien mieux q' tu n'aim's que moi.
— Dam', Bastien, j' veux bien vous l' promettre,
Afin de n' vous déplaire en rien;
Et qui sait? j' vous amèn'rai p' t'être
A m' dire un jour, en bon chrétien :
N' penser qu' pour soi, c'est un vilain système,
    Et n' fût-ce qu'un peu,
Il faut aimer son prochain comm' soi-même
    Pour l'amour de Dieu.

APPARTEMENTS A LOUER

Vous, dont l'esprit tant soit peu satirique
Est à l'affût de nouveaux aliments,
Pour crayonner plus d'un tableau comique,
Amusez-vous à voir des logements.

Vous surprendrez Céline à sa toilette,
Ayant sur elle un peu moins qu'un peignoir;
Plus loin Sainval à gants blancs et lorgnette,
Prêt à dîner avec un radis noir.

Que de tableaux je peindrais sans médire!
Car je vois tout, et j'ai, par ce moyen,
Presque toujours d'amples sujets de rire,
Et le plaisir de m'amuser pour rien.

Maint écriteau m'offre sur ses deux faces,
Pour occuper mon œil observateur :
Appartement et cave orné de glaces.
Que n'orne-t-on l'esprit du rédacteur?

Le nez au vent, comme en entrant au Louvre,
Je veux d'abord m'adresser au portier :
Où donc est-il? Enfin, je le découvre
Dans l'antre obscur que masque l'escalier.

Du vasistas, par où l'on vous épie,
Sort une odeur de chou, de cuir et d'ail.
Là, femme, enfants, chien, chat, lapins et pie,
Sont confondus dans le même bercail.

Un vieil argus, de l'œil dont il dispose,
Trace un béquet, lorgne entrer et sortir,
Chantant du nez : « Tu n'auras pas ma rose. »
Ce n'est pas moi qui voudrais la flétrir.

Bref, nous montons ; j'entre au premier étage ;
Là, que d'apprêts ! quel chaos sans égal !
Un vieux rentier, grotesque personnage,
Donne aujourd'hui festin, concert et bal.

Sur chaque meuble on dépose à la hâte
Fleurs, fruits, rubans, pâtés, filets de bœuf ;
L'amphitryon, que cet exemple gâte,
Sur un melon pose un faux toupet neuf.

Moins bien logé qu'au Colisée à Rome,
Dans un salon qu'on traverse en dix pas,
Les conviés seront à l'aise comme
Des hannetons entassés dans un bas.

En pénétrant dans la pièce voisine,
Nous dérangeons la dame du logis .
Elle est coquette et fait, à la sourdine,
En brun foncé teindre ses cheveux gris.

Sèche et pincée, à côté de sa mère,
Évélina, qui se croit un Rembrandt,
Veut terminer le portrait de son père :
C'est bien plutôt celui du Juif-Errant.

Allons, Oscar, soyez donc raisonnable,
Dit le papa, grave comme un bedeau,
A son bambin qui, grimpé sur la table,
A grignoté déjà plus d'un gâteau.

A la cuisine on embroche, on fricasse;
Pour s'illustrer, Babet, en un clin d'œil,

Fait des sirops avec de la mélasse
Et des sandwichs d'un reste de chevreuil.

En traversant la chambre de la bonne,
Je vois par terre un bouton en métal ;
Le coq gaulois m'apprend que la friponne
A du penchant pour un municipal.

Je sais aussi du portier, qui babille,
Que le papa, sans doter peu d'attraits,
Voudrait trouver un mari pour sa fille;
Mais le brave homme en sera pour ses frais.

Bien des pardons, dis-je avec politesse,
En saluant ces sots prétentieux,
Qui m'ont fourni, chacun dans son espèce,
Quelques quatrains aussi stupides qu'eux.

—

LES INCONVÉNIENTS DU SUICIDE

L'autre jour, certain misanthrope,
A deux mains tenant son menton,
Disait : « D'après mon horoscope,
Je dois mourir sans rejeton.
Si je dispose de mon être,
Du genre humain je me dépêtre.
Le suicide est radical...
Vivre malgré soi, ça fait mal.

« Je puis choisir entre la corde,
Le pistolet et le poison;
Au besoin même je m'accorde
Et la rivière et le charbon.
Pendons-nous, sans plus de harangue...
Comme je vais tirer la langue !
C'est mourir comme un animal...
Rien que d'y penser, ça fait mal.

« Faisons-nous sauter la cervelle,
C'est un moyen expéditif...
J'appuierai sur la chanterelle
De cet instrument portatif...
Mais non, malgré moi je m'arrête,
Dans un instant ma pauvre tête
Serait à jour comme un fanal...
Rien que d'y penser, ça fait mal.

« De poison prenons une dose...
Il suffit d'un peu d'arsenic,
Mêlé d'un doigt de couperose
Que je distille à l'alambic.
Mes veines seront desséchées,
Mais j'aurai d'horribles tranchées
Dans le conduit intestinal...
Rien que d'y penser, ça fait mal.

« M'y voici, je me détermine :
C'est le charbon qui me sourit;
J'en allume plein ma terrine,
Et j'attends la mort dans mon lit...
Mais si j'ai de fortes nausées,
Mes artères seront brisées,
J'aurai le transport cérébral...
Rien que d'y penser, ça fait mal.

« Afin d'abréger ma souffrance,
Il vaut mieux me jeter à l'eau.
Oui, mais je vais courir la chance
D'être accroché sous un bateau.
Si par hasard je me ravise,
Avec l'habit et la chemise
J'y puis laisser mon os dorsal !…
Rien que d'y penser, ça fait mal.

« Comme ma vue est obscurcie !
D'où me vient donc ce tremblement ?
Une attaque d'apoplexie
Me frappe-t-elle en ce moment ?…
J'ai contre la mort, qui m'approche,
De l'éther, des sels dans ma poche.
Vite, éloignons l'instant fatal…
Rien que d'y penser, ça fait mal. »

———

JE N'AI PAS PERDU POUR ATTENDRE

Amis, à tout considérer,
L'attente est bonne à quelque chose;
D'un bien qui se fait désirer
Le hasard peut doubler la dose.
En dépit du grondeur maudit,
Qui trouve à tout maille à reprendre, *(Bis.)*
Qui de nous ne s'est jamais dit :
Je n'ai pas perdu pour attendre?

Je devais aller aux Français,
Un soir, avec ma tante Élise,
Qui me prévint par un exprès
Que la partie était remise.
Nous aurions vu *Caligula;*
Mais, le jour où l'on vint me prendre,   (*Bis.*)
On donnait *Tartufe* et *Cinna.*
Je n'ai pas perdu pour attendre.

Mon oncle, disait un plaisant,
Prêt à voir le sombre rivage,
Pour mon bonheur se ravisant,
Fit depuis un bon mariage;
Le couple mit tout en commun,
Et, quand la mort vint le surprendre,   (*Bis.*)
J'eus deux héritages pour un :
Je n'ai pas perdu pour attendre.

Le cœur ivre de volupté,
Après dix-huit mois de ménage,
Fanny de la maternité
Savoura le doux avantage;
Et, lorsqu'au plus fort de ses maux
Un double cri se fit entendre,   (*Bis.*)
Oh ! dit-elle, j'ai deux jumeaux '
Je n'ai pas perdu pour attendre.

Un ami franc et dévoué
Fut le rêve de mon jeune âge;
Qu'à mon déclin Dieu soit loué,
De l'attente il me dédommage.
Jugez donc s'il doit m'être doux,
Quand je n'osais plus y prétendre,   (*Bis.*)
De me dire au milieu de vous :
Je n'ai pas perdu pour attendre

LES RENARDS

Ce matin, repoussant Momus,
J'eus un moment la fantaisie
De chanter César ou Brutus
Pour illustrer ma poésie;
Mais, au tiers du premier couplet
Sur l'antique splendeur romaine,
C'est trop usé, dis-je tout net;
Et sur ce, je pris pour sujet
Le renard du bon La Fontaine.

Selon l'estimable écrivain,
Ce quadrupède, habile à feindre,
Accabla d'un noble dédain
Les raisins qu'il ne put atteindre.
Si je citais en pareil cas
Nos dédaigneux d'espèce humaine,
Ma chanson ne finirait pas;
Car je crois voir à chaque pas
Le renard du bon La Fontaine.

Les yeux braqués chez Corselet,
Voisin, vous allez, j'imagine,
Acheter, grâce à leur fumet,
Pâté, homard ou bécassine?
Dieu m'en garde! c'est trop fiévreux,
Dit-il, en cachant avec peine
Un hareng saur malencontreux,
Qui décèle en ce malheureux
Le renard du bon La Fontaine.

Dans maints couplets, pour se bercer,
On fait de la philosophie ;
Mais au moins faut-il énoncer
Ce que le bon sens ratifie.
Ce poëte sans feu ni lieu,
Qui vient chanter à perdre haleine
Que l'or ne vaut pas un cheveu,
Ne ressemble-t-il pas un peu
Au renard du bon La Fontaine ?

Chez un peintre de ses amis,
Certain poëte romantique,
En homme qui connait son prix,
Frondait le club académique.
Vois, lui dit l'artiste gaîment,
Ton portrait peint sur porcelaine ;
Et, sur un fragile ornement,
Il lui montra malignement
Le renard du bon La Fontaine.

Convenez, me disait hier
Un railleur qui vint m'interrompre,
Qu'un chansonnier doit être fier
Quand on l'applaudit à tout rompre.
Pour moi, dis-je, il est évident
Qu'étant sujet à la migraine,
Je fuirais ce bruit discordant.
Oui, dit-il, pour faire un pendant
Au renard du bon La Fontaine.

LE ROCOCO

MUSIQUE DE ÉMILE DURAND

De novateurs notre siècle fourmille,
Chez nous l'esprit perce de toutes parts,
C'est à bon droit que notre cité brille
Pour les talents, les mœurs et les beaux-arts
Le romantique a rajeuni nos modes,
Il s'étendra de Paris au Congo ;
Car du classique et des vieilles méthodes
On n'en veut plus, fi donc ! c'est rococo.

Dans nos salons voyez ce jeune-france,
Quand de la danse on donne le signal,
Nonchalamment d'abord il se balance,
Levant le pied par instinct machinal.
De temps en temps, mais à contre-mesure,
Vous le voyez sautant par vertigo.
Maintien décent, gracieuse tournure,
On n'en veut plus, fi donc ! c'est rococo.

J'aime beaucoup ce drame qu'on renomme,
Où l'ingénue en feu dit au héros :
Presse mon sein sur ta poitrine d'homme,
Chair de ma chair, toi les os de mes os.
Voilà comment d'un langage vulgaire
On s'affranchit en style Baroco.
Laissons dormir et Racine et Voltaire,
On n'en veut plus, fi donc ! c'est rococo.

Pour les beaux-arts notre école est unique ;
Dans nos tableaux voyez quel coloris :

Ici la mer est d'un bleu magnifique,
La lune orange et les cieux vert-de-gris.
Si vous voulez, artistes en peinture,
Que votre nom trouve plus d'un écho,
Gardez-vous bien d'imiter la nature :
On n'en veut plus, fi donc ! c'est rococo.

Ma belle enfant, soyez donc moins sévère,
Disait Sainval à la jeune Anaïs,
Qui refusait de troquer sa misère
Contre un éclat dont l'honneur est le prix.
Votre raison comprend mal l'innocence ;
Un protecteur s'accepte incognito,
Dans nos progrès nous gardons l'apparence ;
Mais la vertu, fi donc ! c'est rococo.

Chez nous on vend des mollets et des hanches,
Qui font draper la robe en baldaquin.
Notre industrie a des milliers de branches
Pour rehausser l'objet le plus mesquin.
Un élégant recherché dans sa mise
Tient à la main la moitié d'un chapeau,
Porte un faux col ; mais, quant à la chemise,
On n'en veut plus, fi donc ! c'est rococo.

FIN

TABLE

FIN DE LA TABLE.